向着明亮那方
（纪念版）

明るい方へ

[日]金子美铃
——————著

[日]竹久梦二
————————绘

安然
————————译

新星出版社　NEW STAR PRESS

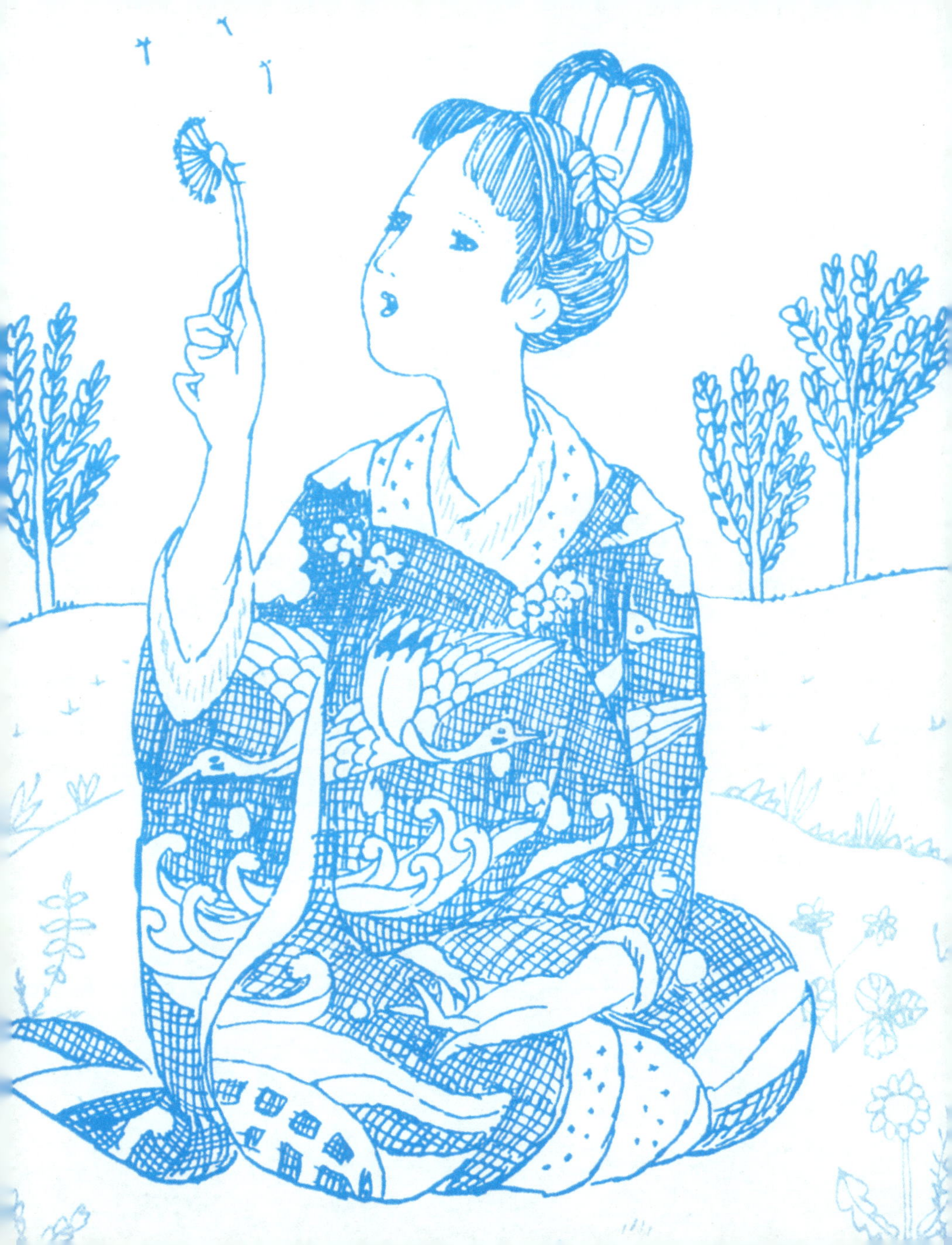

目录

夏

3	太阳和雨	15	月亮
4	晨露	16	云
5	我感到奇怪的是	17	夜里飘落的花
6	猜谜	18	葫芦花
7	夏天	19	衣袖
8	牵牛花	20	狗儿
9	乳汁河	21	海螺的家
10	白天的月亮	22	海浪
11	小石子	23	光的笼子
12	泥泞	24	再见
13	橙花	26	水和影子
14	感冒	27	蚊帐

夏

28	野蔷薇	41	千屈菜
29	玫瑰的根	42	再见
30	杉树	43	草原
31	麻雀和虞美人花	44	暗夜的星星
32	笑	45	风
33	萤火虫的季节	48	海浪的摇篮曲
34	蝉鸣	49	大海和海鸥
35	哑巴知了	50	莲与鸡
36	知了的衣裳	51	草原的昼与夜
37	金鱼	52	船帆
38	一条大路	53	来蔬菜店的鸽子
39	向着明亮那方	54	红土山
40	睡觉的小船	55	皮球

秋

59	墓里的金鱼	72	幸福
60	鱼舱满了	73	曼珠沙华
61	邻居的杏树	74	橡子
62	神轿	75	祇园社
64	水和风还有孩子	76	月光
65	秋天	78	月亮和云彩
66	梨核儿	79	桂花灯
67	燕子的笔记本	80	蝈蝈爬山
68	桂花		
69	小小牵牛花		
70	车窗外		
71	黄昏		

冬

- 85　积雪
- 86　冻疮
- 87　没有妈妈的小野鸭
- 88　雪
- 89　白帽子
- 90　冬雨
- 91　烟花
- 92　问雪
- 94　苹果园
- 96　海和山
- 97　去年
- 98　海港之夜
- 99　拐角处的干菜店

春

103	星星和蒲公英	117	草的名字
104	春日	119	土地
105	明天	120	田间的雨
106	气球	121	鱼儿的春天
107	春天的早晨	122	紫云英地
108	红鞋子	123	踏步
109	树	124	紫云英叶子的歌
110	树叶宝宝	125	四月
112	摇篮曲	126	星期六和星期天
114	桃花瓣	127	和好
115	我和小鸟还有铃铛	128	明亮的家
116	蜜蜂和神灵	129	饭碗和筷子

春

130　日历和钟表

132　紫云英

133　芝草

135　天空的颜色

136　贝壳和月亮

137　天空和海

138　女儿节

140　树

141　魔法手杖

142　极乐寺的樱花

143　茅草花

144　鱼儿出嫁

145　卖鱼的阿姨

147　柳树和燕子

151	月亮和姐姐	168	麻雀
152	寂寞的时候	169	邻居家的孩子
153	哥哥挨骂	170	是回声吗
154	没有玩具的孩子	171	什么都喜欢
155	糖果	173	一个接一个
156	山和天空	175	茧与坟墓
157	盆景	176	大海里的鱼儿
158	肉刺儿	177	谁告诉我真相
159	我的头发	179	麻雀妈妈
160	心	181	我
162	被遗忘的歌谣	182	大人的玩具
164	老奶奶的故事	183	船上的家
165	女孩子	185	闹别扭的时候
166	受伤的手指头	186	如果我变成花
167	有一次	187	弁天岛

梦

191	卖梦郎	212	美丽的小城
192	半夜里的风	213	谁做的
193	金米糖的梦	215	纸窗
194	睡梦火车	216	小木槌
195	如果我是男孩子	217	椅子上
197	留声机	218	失去的东西
198	渔夫的孩子	220	洗澡
200	玫瑰小镇	222	日月贝
202	寂寞的公主		
204	玻璃和文字		
206	一万倍		
207	太阳的使者		
209	飘落的花		
210	玩具树		
211	沙子的王国		

夏　明るい方へ

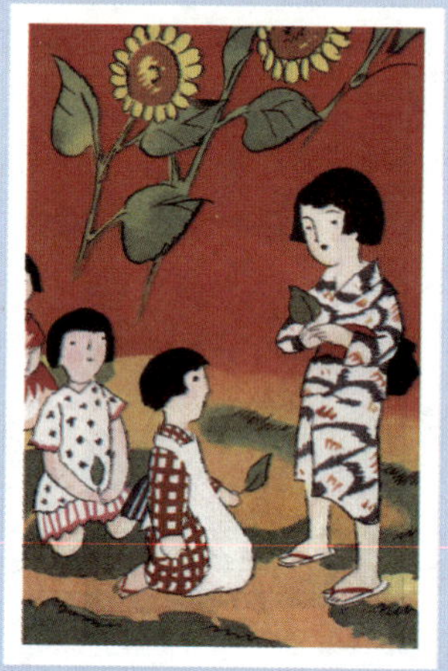

太阳和雨

沾着尘土的
草坪
被雨水
洗净了

沾着雨珠的
草坪
被太阳
晒干了

我舒服地
躺在地上
仰望天空

晨 露

谁都不要告诉
看到了也不要提起

清晨的庭院
花儿
躲在角落里
轻轻地哭泣

如果这消息
传了出去
传到蜜蜂的耳朵里

蜜蜂会像
做了坏事的孩子
飞回来给花儿还蜜

我感到奇怪的是

我感到奇怪的是
天上下的雨
为什么是银色的?

我感到奇怪的是
吃着绿色的桑叶
蚕宝宝却是白色的

我感到奇怪的是
没有人碰过它
葫芦花为什么就自己开了?

我感到奇怪的是
听了我的疑问
大家都感到好笑

向着明亮那方

明るい方へ ―― 夏

猜 谜

一个谜语：
什么东西很多很多，可抓到手中却没有了？
哦，是蓝蓝大海里那蓝蓝的海水
一捧在手里，蓝色就没有了

又一个谜语：
什么东西什么也没有，却能把它抓到？
哦，是夏天中午那阵小风
用扇子一扇，就抓到了

夏 天

"夏天",晚上惺惺
早上却迷糊

夜里,我睡着以后
它正和满天的星星玩着呢
早上,牵牛花醒来的时候
它还睡着呢

这时一阵微风
凉爽啊,凉爽啊

牵牛花

东边开着蓝色的牵牛花
西边开着白色的牵牛花

一只蜜蜂
在两朵花之间玩耍

一个太阳
照着这两朵花

于是
蓝色的牵牛花向着东边枯萎了
白色的牵牛花向着西边枯萎了

故事讲完了
沙扬娜拉

乳汁河

小狗狗,别哭啦
太阳公公下山啦

天黑啦
快快去找妈妈吧

你会看见
深蓝色的夜空中
浅浅的乳汁河
露出来啦

白天的月亮

白天的月亮
像肥皂泡似的
风一吹
就破了

此时，在遥远的他国
还是夜晚呢
一队旅行的人
正走在茫茫的沙漠上

快去吧
白天的月亮
到沙漠的上空
为旅行的人们照亮吧

小 石 子

昨天

磕破一个孩子的脚

今天

又绊倒了一匹马

明天

会有谁从这里经过?

乡间路上的

小石子们

在红色的夕阳下

显得那样若无其事

泥泞

一条小胡同的
泥泞里
有一片
蓝色的天空

很远很远的
清澈而美丽的
天空

这条小胡同的
泥泞里
还是那片
湛蓝的天

橙 花

每次
我伤心地哭的时候
总是飘来橙花的香味

想不起是哪一回
闹别扭的时候
谁也不来找我

我无聊地看着
从墙壁的小洞里
一些蚂蚁在进进出出

墙壁的那边
库房里
传来阵阵笑声

不由得，我又想哭
这时候
橙花的香气又飘了过来

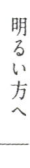

感 冒

随着风儿吹过来
橙花的香气也飘了过来
橙子林里
我昨天在那里荡秋千

今天,我感冒了
躺在被窝里
留着小胡子的医生刚才来过
该不会让我吃
很苦的药丸吧

雪白雪白的
带着香味的橙花啊

月 亮

黎明的月亮

挂在山边

笼子里的白鹦鹉

睁开睡眼一看

哎呀,老朋友呀,打个招呼吧

白天的月亮

映在池塘里

头戴草帽的孩子在岸边

手持鱼竿,盯着它看

真漂亮呀,钓上来吧,可它能上钩吗?

晚上的月亮

挂在树梢

一只红嘴的小鸟

眼珠儿滴溜溜转

熟透了呀,真想啄上一口

云

我想变成

一朵云

一朵轻飘飘的云

白天,在晴空里自在地游走

晚上,陪月亮姐姐

玩捉迷藏

要是累了,乏了

索性变成雨

和雷公公一起

跳进池塘

夜里飘落的花

晨光里
飘落的花
麻雀会蹦蹦跳跳
陪伴它

晚风中
飘落的花
晚钟会唱着歌
陪伴它

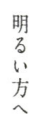

夜里飘落的花
谁来陪它？
夜里飘落的花
谁来陪它？

葫芦花

天上的星星
悄悄地问
葫芦花
你寂寞吗?

乳白色的葫芦花
仰着脸,说:
"我不寂寞呀!"

渐渐地
星星不再问葫芦花
只是闪闪地把眼眨

葫芦花伤心了
默默地把头垂下

衣 袖

穿上宽袖子的夏衣很高兴

感觉好像要外出去做客

阳光明媚的后院

葫芦花正开着

我甩起袖子快活地跳起舞来

跳啊，唱啊，真快活

但别人千万别看见

闻着夏衣袖子

散发的

清新染料的气味

我很高兴

狗　儿

我家的天竺牡丹开花的那天
酒店的"小黑"死了

在酒店的外边玩耍时
总是训斥我们的老板娘
呜呜地哭起来了

那一天，我在学校把这件事
兴致勃勃地说出来了

突然，我自己也觉得难过起来

海螺的家

清晨，海边
咚咚的敲门声
"送奶的来了，海豚鲜奶
放在这儿啦"

中午，海藻挥着手
"号外、号外
蓝鲸被鱼网罩住了"

夜深了，礁石下边
传来咚咚的敲门声
"快开门啊，电报电报"

不在家？感冒？还是在睡懒觉？
海螺的家门关着
不论白天还是夜晚
海螺躲在家里，静悄悄

海浪

海浪就像孩子一样
手牵手,笑着
聚在一起

海浪又像橡皮一样
把沙滩上的文字
全都擦了去

海浪是士兵
向海边冲了过来
勇敢地扑向礁石

海浪又是糊涂虫
把美丽的贝壳
遗落在沙滩上

光 的 笼 子

现在的我，是一只小鸟

在夏日的树荫中光的笼子里
被没见过的主人饲养着
我可是一只可爱的小鸟
只知道唱歌

光的笼子破了
因为哗啦一下，我张开了翅膀

但是，我很乖，不会飞也不会跑
在光的笼子里被饲养
我是一只心地善良的小鸟

再 见

妈妈，妈妈，等我一下
我真的很忙啊

马厩里的马，鸡窝里的鸡
还有它们的孩子们
我总要去向它们道个别啊

我还想往山上走一趟
跟昨天刚认识的樵夫打个招呼

妈妈，妈妈，等我一下
我还有忘记做的事情呢

路边的鹅掌草和蓼花
回到城里就看不见了
这个花，那个花，再看看它们的脸
好好记住它们呀

妈妈，妈妈，等我一下

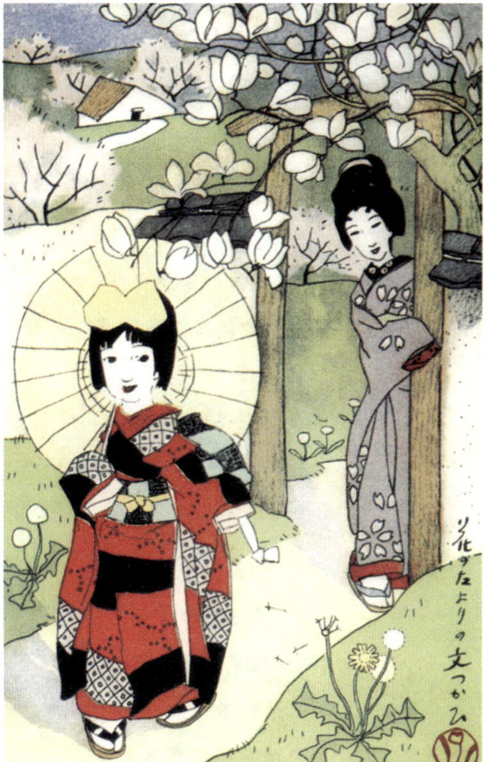
花がたよりの文つかひ

水和影子

天空的影子
倒映在水里

在天空的边际
映着树木
映着野蔷薇
还映着树的枝叶在摇摆
水面很诚实
什么影子都映出来

啊!
明亮的影子
清凉的影子
摇曳的影子
水面多么谦虚
自己的影子却是小小的

蚊　帐

躲在蚊帐里的我们
真像是被困在网里的鱼儿

不知不觉睡着的时候
感到被调皮的星星捞走了

半夜里睁开眼睛
又好像睡在云彩的沙滩上

波涛一晃一晃
蓝色的网里
大家是可怜的鱼儿

野蔷薇

白色的花瓣儿

开在带刺儿的枝叶里

"喂,很疼吧"

微风跑过来

想热情地帮帮它

可是,簌簌地

花瓣儿落了

白色的花瓣儿

落在了地上

"喂,很凉吧"

太阳升起来,暖暖地照着

可是,身子一暖和

花瓣却变成了茶色

枯萎了

玫瑰的根

第一年，开了一朵花
红红的，大大的
玫瑰的根在土里想
"真高兴呀，真高兴呀"

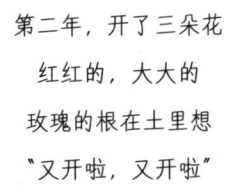

第二年，开了三朵花
红红的，大大的
玫瑰的根在土里想
"又开啦，又开啦"

第三年，开了七朵花
红红的，大大的
玫瑰的根在土里想
"第一年的那朵花
为什么不再开了？"

杉 树

"妈妈,长大以后
我会变成什么?"

杉树的孩子在想:
长大以后
我要像山顶上的百合花那样
开出带香味的花
长大以后
我要像山脚下的黄莺那样
唱出柔美的歌儿

"妈妈,长大以后
我究竟能变成什么?"

杉树的妈妈已经不在了
大山冷冷地说:
"变成你妈妈那样的杉树
就可以啦"

麻雀和虞美人花

小麻雀

死掉了

虞美人花却红艳艳地开着

因为虞美人还不知道

我没有告诉它

我们悄悄地从虞美人花边走过吧

如果花儿听说

小麻雀死了

马上就会枯萎的

笑

如同美丽的蔷薇的颜色
比芥子花种还小
撒落到地上的时候
叭的一声,像燃烧的烟花
绽放成大大的一朵

就像眼泪流出来那样
这样笑出来的话
该会是多么多么美丽啊!

萤火虫的季节

用新鲜的麦秆儿
编一个小小的萤笼
沿着山路
出发吧

青青的草叶上
沾着晶莹的露珠
赤着小脚丫
轻轻地踏过吧

又到了
捕捉萤火虫的季节

蝉 鸣

火车的窗外
一片蝉鸣

独自旅行的
黄昏中
我闭上眼睛
眼睛里
金色和绿色的
百合花开着

睁开眼睛
车窗外边
叫不出名的群山
卧在夕阳中

一阵接一阵
暴雨一样的蝉鸣

哑巴知了

聒噪的知了,唱歌

从早到晚唱个不停

它看见谁都唱

总是唱着同样的歌

哑巴知了,写歌

一声不响地在树叶上写着

不管人们注不注意

它总是写谁也不会唱的歌

(秋天来了,它不知道

枯叶和歌词都没有了)

知了的衣裳

妈妈
房后的树上
挂了一件知了的衣裳

白天太热
知了把衣裳脱掉
挂在那里飞走了

晚上，天凉了
妈妈
我去给知了送衣裳吧

金鱼

月亮呼吸的时候
呼出来的是
温柔亲切的月光

花朵呼吸的时候
呼出来的是
清爽醉人的花香

金鱼呼吸的时候
吐出来的是
圆圆的神奇的水泡

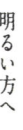

一条大路

一条大路的远方
会有一片森林吧
孤独的朴树啊
沿着这条大路走下去吧

一条大路的远方
应该有广阔的大海吧
莲池里的青蛙啊
沿着这条大路走下去吧

一条大路的远方
应该有一座都市吧
寂寞的稻草人呀
沿着这条大路走下去吧

一条大路的远方
总会有些什么吧
我们大家手拉着手
沿着这条大路走下去吧

向着明亮那方

向着明亮那方
向着明亮那方

灌木丛中的小草们
哪怕是一片叶子
也要朝着漏出阳光的方向

向着明亮那方
向着明亮那方

飞在黑夜里的小虫子们
即使烤焦了翅膀
也要扑向灯光闪烁的方向

向着明亮那方
向着明亮那方

留守在屋子里的孩子们
尽管是一片小小的空间
也要朝着太阳照射的方向

睡觉的小船

从远方回来的船儿,你累了吧
港湾里的波浪是温柔的
悠悠的,悠悠的,你睡一觉吧

载着鱼,迎着风浪
从远方回来的船儿啊
你多么辛苦

主人们回到岛上
买回成捆的蔬菜
买回成袋的大米

小船儿啊
在没有装货之前
被温柔的波浪摇着
悠悠的,悠悠的,你睡上一觉吧

千屈菜

长在河岸边的千屈菜
开出谁也不认识的花

河水沿着河道
流向远方的大海

辽阔、辽阔的海洋里
有一滴小小、小小的水珠

那是从千屈菜的花蕾里
落下来的一滴露珠

原来,谁也不认识的千屈菜的花
留在露水的记忆里

向着明亮那方

明るい方へ —— 夏

再 见

下船的孩子对大海说
上船的孩子对陆地说
　　　　　——再见

船对栈桥说
栈桥对船说
　　　　　——再见

钟声对大钟说
炊烟对小镇说
　　　　　——再见

小镇对白天说
夕阳对天空说
　　　　　——再见

我也想说
想对今天的我说
　　　　　——再见

草 原

要是光着脚

走在沾着露水的草原

我的脚也会染绿吧

并且，还会透着青草的香气

要是变成一棵草

在草原上快乐地跳舞

我的脸也会变成一朵花吧

并且，还会在风里微笑

暗夜的星星

暗夜里
有一个迷路的小孩儿

像我一样
一个人，寂寞着

迷路的小孩儿
像颗小星星
这个小孩儿
是个女孩儿吧

风

天空里有一个牧羊的人
人的眼睛看不见

牧羊人追着山羊跑
黄昏来了
它们跑到旷野的尽头
聚成一片羊群

天空里有一个牧羊的人
人的眼睛看不见

白色的羊群
渐渐地被落日染红了
很远处
传来清凉的笛声

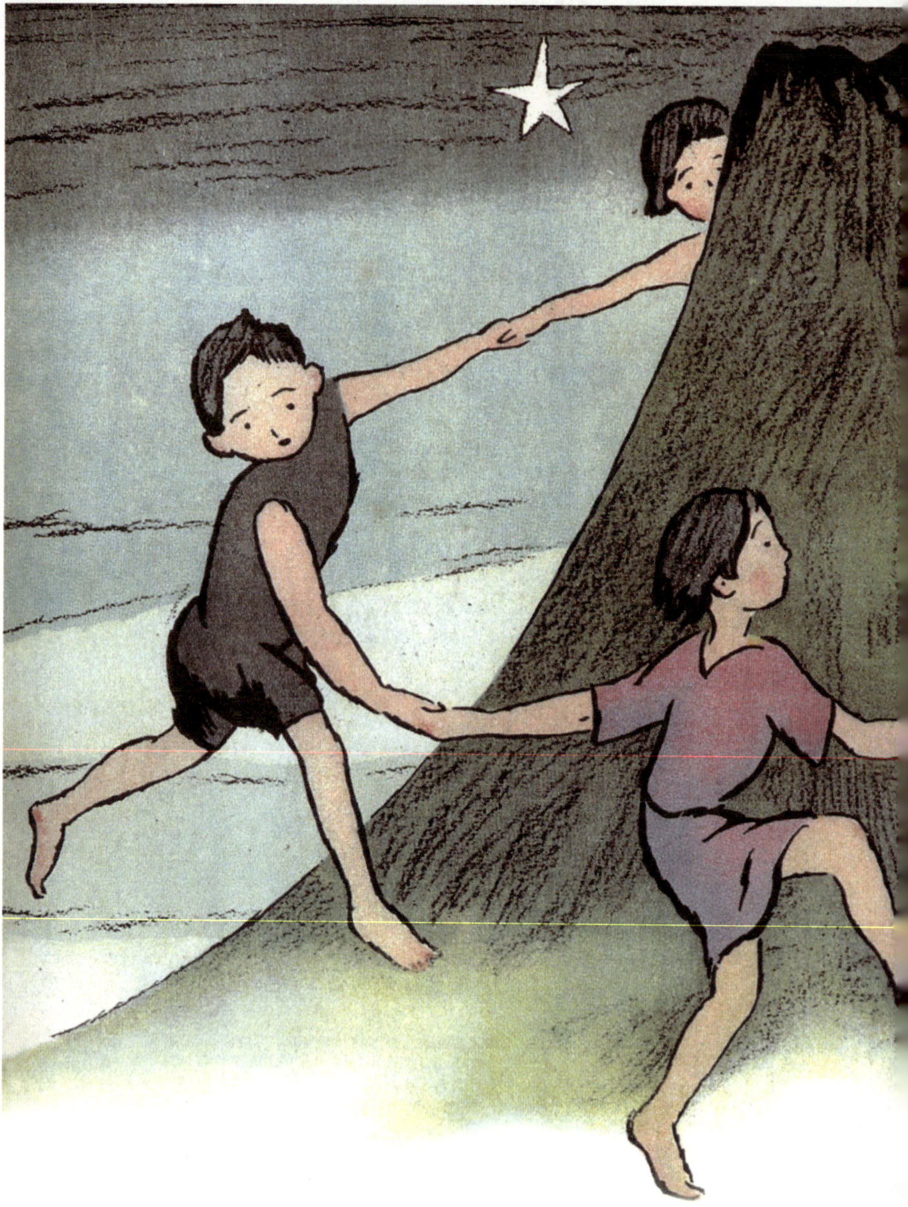

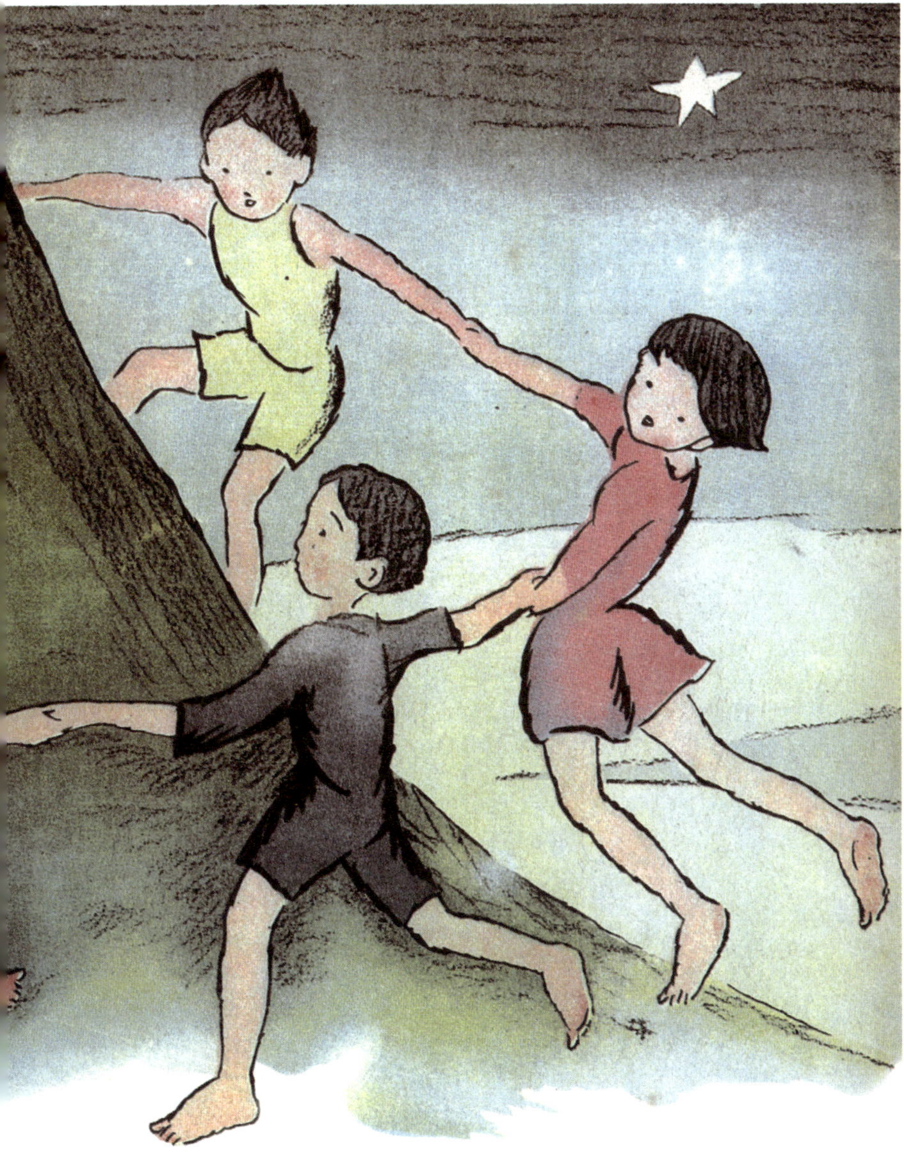

海浪的摇篮曲

睡吧睡吧，海浪在岸边
哗啦啦，哗啦啦地玩着

海底，贝壳的孩子
在海藻的摇篮里睡着了

睡吧，睡吧，贪玩的海浪
十五的月亮，已经高高升起

岸上的小螃蟹们
在沙子的床上睡着了

哗啦啦，哗啦啦，睡吧，睡吧
睡到星星发白的天亮

大海和海鸥

原以为大海是蓝色的
也曾以为海鸥是白色的

但是，今天看到的
大海和海鸥的翅膀是鼠灰色的

怎么回事呢？
一直都相信的
原来是假的

你知道天空是蓝色的
你知道雪是白色的

可是大家看到的，知道的
有时候，也许是假的

莲与鸡

从淤泥里
长出了莲花

记住
这不是莲花自己的功劳

从鸡蛋壳里
孵出了小鸡

记住
这也不是小鸡自己的功劳

这些
都很神奇

但是
却是我无意中知道的秘密

草原的昼与夜

白天，牛儿在那里

吃着嫩嫩的青草

夜深了

月亮从那里走过

被月光摩挲着

小草儿又在生长

为了明天，让牛儿再来品尝

白天，孩子们去了那里

在草丛间摘花

夜深了

天使从那里走过

被天使踩过的地方

花儿又长出来了

为了明天孩子们再来寻找

船 帆

回到港湾里的船
挂着破旧的灰色的帆
可驶向远洋的船
竖起的却是白色的帆

远远的海面上的那只船
请你不要回到港湾
只要你在海天之间
总是扬着那白色的帆
闪闪发光
驶向远方

来蔬菜店的鸽子

三只小鸽子
飞到蔬菜店的门框上
"咕咕，咕咕"地叫

茄子是紫的
卷心菜是绿的
草莓是红的，而且
闪闪发光

小鸽子们要买什么呢
只看见
它们抖着雪白的羽毛
在蔬菜店的门框上
"咕咕，咕咕"地叫

向着明亮那方

明るい方へ ── 夏

红土山

红土山的土
被装上了马车
卖到了城市

红土山上的红松
倒了下来
卧在地上哭泣
目送远去的马车

蓝色的天空下
一条白带似的小路

卖往城市的红土
随着马车走远了

皮 球

城市的小孩找皮球
　去了另一个城市
围墙里突然飞出来
　一个肥皂泡
肥皂泡转眼消失了

城市的小孩找皮球
　　去了乡下
在一户人家的后院开出来
　　紫色的绣球花
　只是绣球花凋谢了

城市的小孩找皮球
　朝着郊外走去
　望着天上的云
皮球是不是藏在那里呢?

秋
明るい方へ

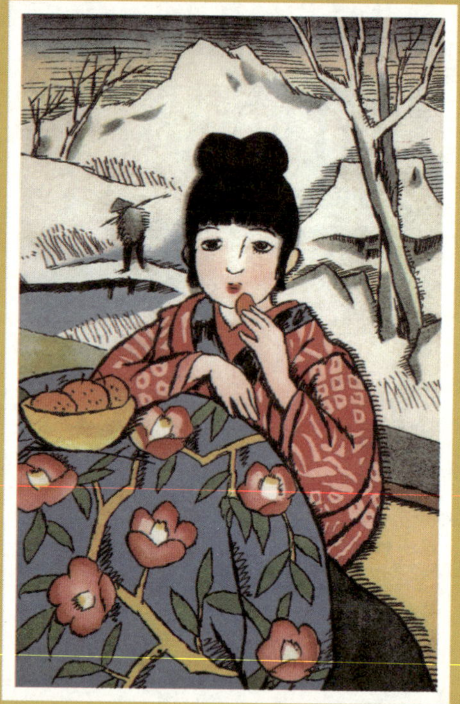

墓里的金鱼

寂寞的、寂寞的土里
金鱼在看什么？
在看夏天水池中水藻的花儿
和摇曳的光影

静静的、静静的土里
金鱼在听什么？
在听地上的落叶上面
夜雨的脚步声

冷冷的、冷冷的土里
金鱼在想什么？
在想曾经在卖鱼的鱼贩那里认识的
从前的好朋友

鱼舱满了

朝霞映红天际
渔船丰收归港
大尾巴的沙丁鱼
盛满舱

海边
像过节一样
热闹非常
可是，在大海里
数不清的
沙丁鱼
哭哭啼啼去奔丧

邻居的杏树

花儿全开的时候
雨中和月夜里总有人来看它

花儿凋谢的时候
散落的花会飞过院墙

叶子下边结出果子的时候
大家只记住了果子
都把杏树忘记啦

杏儿完全成熟了
人们会来采摘它

托邻居的福
我也吃到了两颗杏儿

向着明亮那方

明るい方へ ——秋

神 轿

红灯笼

还没有点上

秋天庙会的

黄昏

玩累了

回到家

看到

爸爸总是家里的座上宾

忙着招呼客人

妈妈总是家里最忙的人

忙着做家务

天黑了

正觉得有些寂寞

忽然传来一阵欢呼声

就像一阵大风

从后街上吹过

那是抬神轿的声音

向着明亮那方

明るい方へ——秋

水和风还有孩子

围着地球

不停地转圈圈

那是谁呀？

是水

围着地球

不停地转圈圈

那是谁呀？

是风

围着地球

不停地转圈圈

那又是谁呀？

是一群馋嘴的孩子

秋 天

每条街道的路灯各自亮着
每条街道的影子各自呈现着
小城的夜很美丽
就像一块漂亮的花格布

花格布的明处
穿着夏天的衣服的人
三五成群
花格布的暗处
秋天，正悄悄地藏着

梨核儿

梨核儿是要丢掉的，所以
连核儿都吃掉的小孩，一定是个小气鬼

梨核儿是要丢掉的，但是
把核儿丢到地上的小孩，一定是个坏小孩

梨核儿是要丢掉的，所以
把核儿放进垃圾箱的小孩，一定是个乖小孩

丢在地上的梨核儿
被一群蚂蚁高高兴兴往家里拉着
"可爱的坏小孩，谢谢你呀"

丢在垃圾箱里的梨核儿
被打扫卫生的老爷爷
一言不发地运走了

燕子的笔记本

向着明亮那方

宁静的早晨,沙滩上
放着一个小小的笔记本
红色的缎面,烫金的文字
里面什么也没有写
只是雪白的纸张

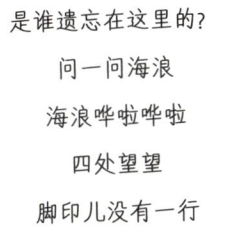

是谁遗忘在这里的?
问一问海浪
海浪哗啦哗啦
四处望望
脚印儿没有一行

哦,想必是一只南归的燕子
黎明前飞来这里
本要写旅行日记
却一时疏忽,匆忙遗忘

明るい方へ——秋

向着明亮那方

桂 花

桂花的香气
弥漫在庭院里

门外的风
在徘徊
是进去，还是走开
拿不定主意

小小牵牛花

初秋的一天
坐着马车
路过一个村庄

一间草房
竹子的围墙

围墙下边的空地上
小小牵牛花正在开放

花儿看见我
一副热情的模样

记得那一天
天气很晴朗

车窗外

山上一片红色

是什么呀?

是野漆树的叶子

只是有点儿可怕,黑红色

村里一片红色

是什么呀?

是熟透的柿子

看起来很好吃,黄红色

天空中一片红色

是什么呀?

是火车灯光的光影

一条长长的光束,朦胧的红色

黄　昏

灰暗的山上，红色的窗

窗子里边有什么？

空空的摇篮

和含着眼泪的妈妈

明朗的夜空中，金色的月亮

月亮上边有什么？

金色的摇篮

和正在熟睡的婴儿

向着明亮那方

明るい方へ —— 秋

幸 福

穿着粉红色衣裳的幸福

独自伤心地哭着

夜深了，它在城里游荡

刚才它去敲一户人家的窗户

却没人察觉

透过窗户它看见

昏暗的灯下

一个憔悴的母亲和病着的孩子

幸福无奈地离开了

它继续在城里转来转去

没有一家

愿意接受它

深夜的小巷里

穿着粉红色衣裳的幸福

独自伤心地哭着

曼珠沙华

村里的庙会

在夏天举行

大白天的

也放着烟花

邻村的庙会

在秋天举行

那是因为

排列着太阳伞的后街

有安眠在地底下的人们

是他们点起

线香烟花

火红的

火红的

曼珠沙华

向着明亮那方

橡　子

橡子山上
拾橡子
放进帽子里
装到围裙里
下山啦
帽子碍事怎么办?
万一滑倒怎么办?
橡子扔掉些
帽子戴头上
来到山脚下
野花正开放
摘花吧
围裙碍事怎么办?
没办法
只好把橡子全扔啦

祇园社

簌簌地
银杏叶子落下
神社里的秋天
好寂寞啊

祈愿的歌声啊
瓦斯灯啊
系着丝带的桂皮啊

此时
过去的冰店啊
任由秋风在吹
飒飒飒飒

月 光

一

月光从屋檐上
看着明亮的街道

人们都没有察觉
依然像白天一样
走在明亮的大街上

月光看着街道
轻轻叹息
把那么多人都不要的七七八八的影子
扔到了屋檐上

人们走过街道,如同鱼儿
游过灯光的河流
每个人的脚下
深深浅浅,高高低低
都拖着无声的影子

向着明亮那方

二

月光发现一条
黝黑寂寞的小巷

一个贫穷的孤儿
吃惊地仰起头来

月光飞进孩子的眼睛里
不让孩子有一点疼痛
孩子的眼睛突然亮了
啊,眼前的破房子
变成了一座银色的殿堂

不一会儿,孩子又睡着了
月光仍静静地守在那里
直到天亮
影子退出,破房里依旧露出
一辆破旧的手推车
一把破烂的雨伞
一棵纤细的嫩草

明るい方へ —— 秋

月亮和云彩

在天空的原野
月亮和云彩
偶然相遇

云彩匆忙
月亮也匆忙
躲闪不及
相互撞上

"哎呀，对不起"
月亮爬到云彩上
云彩却满不在乎
神态安详

桂花灯

屋子里红色的灯一亮
窗户外边,也会亮起
同样的灯
只是这些灯
在桂花树上

夜深了,大家睡觉的时候
树叶们就和灯成了朋友
大家有说有笑
还唱起了歌
就像我们全家
吃过晚饭的光景

关上窗户,睡觉吧
因为我们醒着的时候
叶子们就不敢说话了

蝈蝈爬山

蝈蝈一大早就急急忙忙爬山
"嗨哟,嗨哟"

太阳出来了
田野里的朝霞还没散
蝈蝈一蹦一跳,十分开心
"嗨哟,嗨哟"

那座山的顶上已渐渐秋凉
蝈蝈伸出胡须碰了一下,凉凉的
"嗨哟,嗨哟"

蝈蝈爬山,一蹦一跳
它们是想爬到
昨夜看见星星的地儿
"嗨哟,嗨哟"

太阳还远着呢,阳光也是冷的

向着明亮那方

那座山,也还远着呢
"嗨哟,嗨哟"

昨夜遇到的是桔梗花
我还在它的花朵里睡了一宿呢
"嗨哟,嗨哟"有点累啦

山上升起了月亮
田野里也挂着夜露
喝口露水,睡一觉吧
打个哈欠,明天再爬

明るい方へ —— 秋

冬

明るい方へ

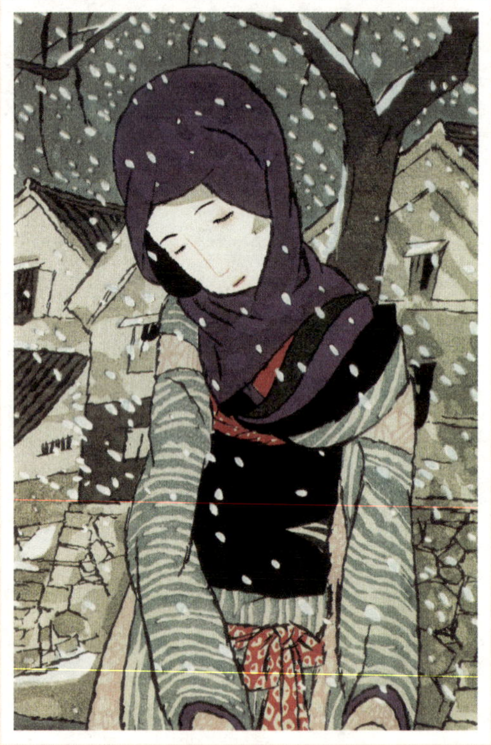

积 雪

上层的雪
冷得很
冷冷的月光照着它

下层的雪
压得慌
那么多行人踩着它

中间的雪
闷得很
看不见天,摸不着地

冻疮

后院的山茶花开了
我手上的冻疮
有点儿痒

折下一朵山茶花,插在头上
这时,又看到手上的冻疮
突然,我想
自己是不是
故事里
被抱养的孩子

浅黄色透明的天空
此时也让人感到有些寂寞

没有妈妈的小野鸭

月亮

结冰了

枯叶被冰雹打得

哗啦哗啦

雪花

从云间落下,飘飘洒洒

月亮

结冰了

池塘

也结冰了

没有妈妈的小野鸭

你怎么睡觉呢?

雪

一只绿色的小鸟
在无人知晓的原野尽头
寒冷的,寒冷的,黄昏
死了

为了埋住小鸟的尸体
天空撒下洁白的雪
深深的,深深的,悄然无声

村庄里
每家的房子都披着
白色的,白色的,厚外套

天亮了
天空变得晴朗起来
蓝蓝的,蓝蓝的,很美丽

此时,为那小小的圣洁的魂
通往天国的门
宽宽的,宽宽的,敞开着

白帽子

白色的帽子
暖乎乎的帽子
难忘的帽子

但是，没办法
丢了的东西
就是丢了

只是，帽子呀
我请求你
不要落到水沟里
而要找一棵高高的树
挂在树枝上
给像我一样笨手笨脚
不会筑巢的小鸟
做一个暖暖的窝吧

白色的帽子
毛茸茸的帽子

冬 雨

湿漉漉的雨
黄昏的雨
把还没点亮的街灯
淋湿了

昨天的风筝
和昨天一样
高高挂在枝头
被吹破了，淋湿了

我撑着
沉重的雨伞
提着药
走在回家路上

湿漉漉的雨
黄昏的雨
地上的橘子皮
被踏碎了，淋湿了

烟 花

小雪的晚上
从枯柳树下
撑着伞走过

忽然联想起
夏夜里在柳荫下
燃起的烟花

这时
好想见到
好想见到
在大雪中燃放的烟花

小雪的晚上
从枯柳树下
撑着伞走过

仿佛又看到
很久以前
那四处飞溅的烟花

问 雪

落在海里的雪，变成海

落在街上的雪，变成街

落在山上的雪，还是雪

正在空中飞舞的雪

你喜欢选择去哪里？

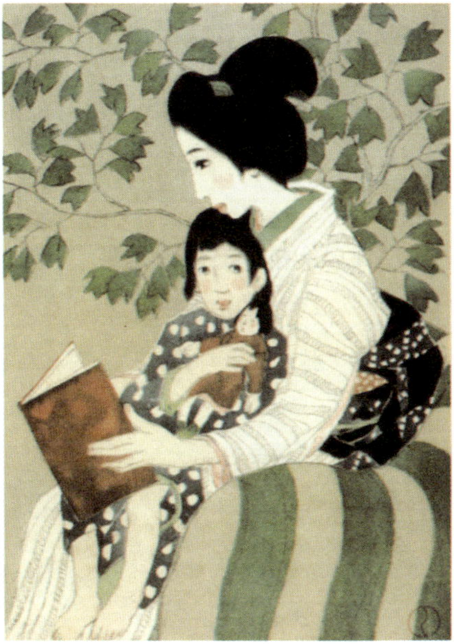

苹果园

北斗七星的下边
无人知晓的雪国
有一个苹果园

果园没有围墙,无人看管
只有古树的粗枝上
挂着的一口大钟

孩子们来了
摘下一个苹果
敲一下钟
大钟每响一下
就有一朵花儿开了

坐着雪橇的人
在北斗七星下边旅行
远远地听到了钟声

听到钟声的时候

冰冷的心融化了

化作烫烫的眼泪流出来了

向着明亮那方

明るい方へ——冬

海和山

从海上来的
有什么?

有夏天、风、鱼儿
和装香蕉的篮子

还有,乘着新造的大船
从海那边来的
住吉神社的庙会

从山上来的
有什么?

有冬天、雪、小鸟
和驮着木炭的马儿

还有,乘着纷纷扬扬的落叶
从山那边来的
正月

去 年

看到那条船了
在正月的第一天前
扬起黑色的帆
驶离了这个港湾

那条船被今天的朝阳追着
乘坐的是变旧了的去年
是的是的,是去年
那条船,走了

它能去哪里呢?
有让去年停靠的港口吗?
又有谁在等着去年呢?

看到了,看到了
在正月的第一天前
去年,乘着一艘黑帆船
向西,向西,逃走了

海港之夜

阴沉沉的夜晚
小星星在发抖
一颗星星

寒冷的夜晚
船上的灯笼，晃动着映在水里
两盏灯笼

寂寞的夜晚
海的眼睛在忽闪
三只眼睛

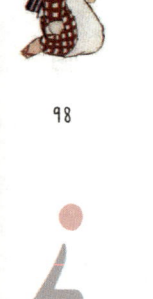

拐角处的干菜店
——真实记录我老家曾经的样子

第一间是咸菜店
旁边堆着装盐的袋子
笔直的阳光照在上边
慢慢地变斜

第二间是空房子
堆着空空的草袋子
流浪狗，滚来滚去
在草袋上玩耍

第三间是烧酒店
堆着装炭的草袋子
山里来送货的马
正吃着草料

第四间是书店
站在广告牌的
背阴里
我从那里四处张望着

春
明るい方へ

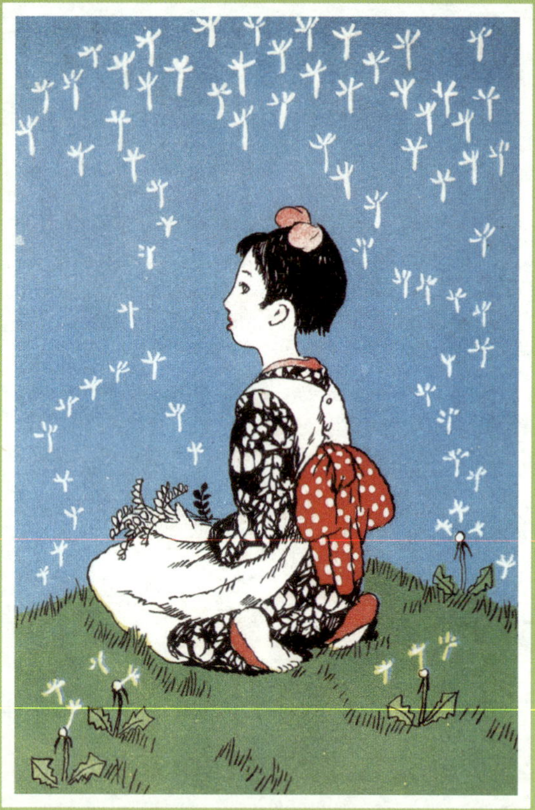

星星和蒲公英

遥远的天空的深处
有无数颗星星
它们就像沉在海底的小石子
天黑之前,看不见踪影
但即使看不见,它们仍在那里呀
这就对了
看不见的东西,也是存在的

被风吹散的蒲公英
飘落在瓦砾的夹缝里
春天到来之前,它们沉默着
看不见它们的种子
但即使看不见,它们也在那里呀
这就对了
看不见的东西,也是存在的

向着明亮那方

明るい方へ ── 春

春　日

云的影子
从一座山上
飘到另一座山上

春天的鸟儿
从一棵树上
飞到另一棵树上

小孩儿的眼睛
从这片天空
移到另一片天空

白昼的梦
从天空
飞向天外

明 天

马路上
一个孩子，牵着妈妈的手
我隐隐约约听见他们说
"明天"

街的尽头
晚霞升上了天空
人们都知道
有一天春天会来的

不知为什么
一听到"明天"
心里就觉得非常高兴

气 球

拿气球的孩子站在我身旁

就像我自己拿着一样

这里是庙会刚刚结束的后街

偶尔还能听到笛子响

红色的气球

白色的月亮

挂在春日的天上

拿气球的孩子走了

我的心里空落落

春天的早晨

小麻雀叫喳喳
今天天气格外好
迷迷糊糊不想起
我要睡懒觉

上眼皮说,睁开吧
下眼皮说,那不好
迷迷糊糊还要睡
我要睡懒觉

向着明亮那方

明るい方へ —— 春

红鞋子

昨天,今天,天空都是蓝的
昨天,今天,道路都是白的

沟边开着花
小小的漂亮的花

一个刚学会走路的孩子
穿着漂亮的新衣服
继续学着走路

她很高兴
咯咯地笑着
脚上穿着刚买来的红鞋子

喂,孩子
迈开你的脚步吧
春天来啦

树

一只小鸟

落在它的树尖

一个孩子

在它的树荫下荡秋千

嫩嫩的小树叶啊

藏在树芽里面

树啊

树啊

你有多开心

向着明亮那方

明るい方へ —— 春

树叶宝宝

月亮说:

"睡觉吧"

把月光轻轻地为它盖上

轻轻地唱着催眠曲

风儿说:

"起床啦"

当东方露出鱼肚白的时候

不停地摇动树枝

让它睁开眼睛

白天里守候它的

是小鸟们

在树枝上

一会儿唱歌

一会儿做游戏

小小的

树叶宝宝

吃饱了就睡觉

不知不觉长大了

向着明亮那方

三

明るい方へ ── 春

摇 篮 曲

睡吧，睡吧

天黑了

摘来的红色紫云英

要睡觉了

细细的绿脖子

垂了下来

睡吧，睡吧

天黑了

山坡上那白色的小房子

也要睡觉了

蓝色的玻璃窗

闭上了眼睛

睡吧，睡吧

天黑了

睁着眼睛还没睡的

是街上的路灯

还有森林里的猫头鹰

向着明亮那方

明るい方へ——春

桃花瓣

短短的，绿绿的
春草上
桃树撒下花瓣儿

干枯的，寂寞的
竹墙内
桃树撒下花瓣儿

潮湿的，黑黑的
田间
桃树撒下花瓣儿

太阳公公
高兴地
呼唤花的精灵

（从春草上，从竹墙内
从田间里
升起来吧）

我和小鸟还有铃铛

我张开双臂
却不能像小鸟一样飞翔
飞翔的小鸟也不能像我一样
在大地上奔忙

我摇动身躯
却不能像铃铛一样发出声响
发出声响的铃铛也不能像我一样
快乐地歌唱

我和小鸟还有铃铛
大家都很好,却各不一样

蜜蜂和神灵

蜜蜂在花里
花在庭院里
庭院在围墙里
围墙在城市里
城市在日本的国家里
日本的国家在世界里
世界，在神的怀抱里

那么，神在哪里？
神在小小的蜜蜂的
身体里

草的名字

别人知道的草的名字

我不一定知道

别人不知道的草的名字

我倒是知道一些

那是我给他们起的名字

我喜欢给我喜欢的草,起一个我喜欢的名字

人们知道的草的名字

全都是人们给它们起的

草的真正名字叫啥

只有天上的太阳知道

所以,我知道的草的名字

只有我自己在叫

山から里へ　見にくれば
雛は　母御の
ふところへ　そろりと
入って　ねたわいな——

土　地

一遍一遍
被挖的土
变成良田
长出麦子

从早到晚
被脚踩过的土
变成大路
车辆才好通行

没有被挖的土
没有被踩的土
是没用的土吗

不是，不是
很多没有名字的小草
快乐地在那里生长

田间的雨

清晨
萝卜地里下了一场春雨
雨点儿落在碧绿的叶子上
发出嘻嘻的笑声

正午
萝卜地里下了一场春雨
雨点儿落在红色的沙土上
一言不发潜到土里

鱼儿的春天

嫩嫩的海藻发了芽
海水也变成了绿色啦

是春天了吗?
一条小飞鱼跃出水面
抬头看了一下

来吧,来吧
在长出嫩芽的海藻中间
我们玩捉迷藏吧

紫云英地

开着星星点点花儿的
紫云英
就要翻耕了

大黑牛
目光慈祥
拉着犁铧翻开土地
花儿和叶儿
被埋进厚厚的黑土地

天空中云雀在鸣叫
紫云英的地
就要翻耕了

踏 步

蕨叶一样的云彩飘过
天空中春天走来

我一个人看着天空
踏起步来

我踏步走起来
自己笑起来

我自己笑起来
别人也跟着笑起来

橘子树结出花骨朵儿
小路上春天走来

向着明亮那方

明るい方へ —— 春

紫云英叶子的歌

花儿被摘下
会去哪儿?

这里有蓝天
有唱歌的云雀

那个快乐的旅人
就像风一样吹过

摘下来的花朵
在她的手里

有没有一只可爱的小手
来摘我呢?

四 月

新的课本
放在新的书包里

新的叶子
长在新的树枝上

新的太阳
照耀在新的天空

新的四月
伴随着新的快乐

星期六和星期天

星期六是叶子
星期天是花儿

把日历上的叶子
摘下来
星期六的晚上
好快乐呀!

没有了叶子
花儿就枯萎了

摘下
日历上的花儿
星期天的晚上
好寂寞啊!

和 好

一个女孩儿站在
开满紫云英田间小路的对面
春光灿烂

女孩采着紫云英
我也采着

那个女孩笑了
我也不由得笑了

听，云雀正在啼叫
开满紫云英的田间小路
春光灿烂

向着明亮那方

明るい方へ――春

明亮的家

在长满樱花草的山坡上
有一处明亮的家

它总是明亮
因为太阳的光芒照着它

粉红色的墙壁上
装饰着彩虹和天使的画

还有
像玩具店一样数不清的玩具
它们的名字叫什么
我全知道
何时建起的这个家
为什么要建它
我也全知道呀

因为，那是我的家
因为，那是我的家

饭碗和筷子

寒冷的正月
依然开花儿
那是我带花的红木碗

四月的春天
仍不发芽
那是我绿色的小木筷

日历和钟表

因为有了日历

常常忘记日子

看了日历

知道是四月了

没有日历

却记得日子

聪明的花儿

一到四月就绽放

因为有了钟表

往往把时间忘了

看一看钟表

知道是早上了

就算没有钟表

也不会把时间忘掉

聪明的大公鸡

在清晨准时报晓

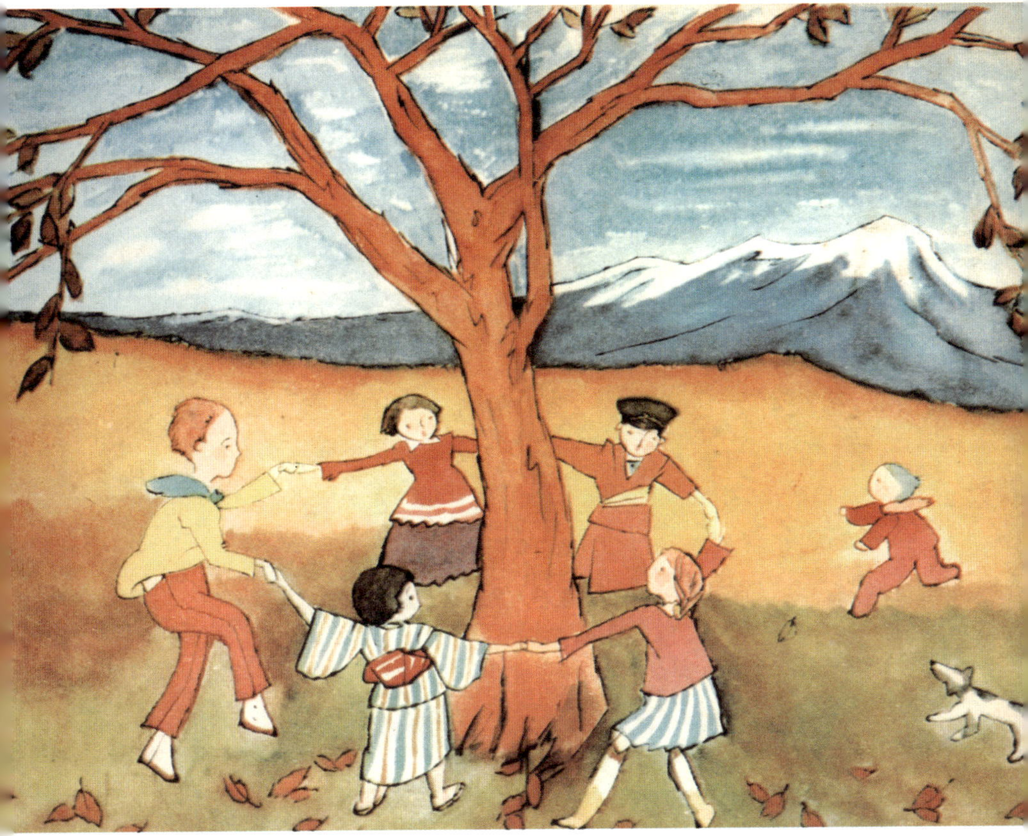

紫 云 英

一边听着云雀的歌声,一边摘花儿
不知不觉摘多了

拿回去吧,花儿就会枯萎
一枯萎就会被人丢掉
像往常一样,被丢进垃圾桶

回家的路上
我看到没有花的地方
就挥一挥手
把紫云英的花撒上
——像春天的使者那样

芝草

名字虽然叫芝草
但是从未被人提到

好委屈呀!
何况天生就长得矮小
人们习惯把它叫做草皮
坚硬的根须扎进土里
和土紧紧地粘牢

紫云英能开红色的花
紫罗兰连叶子都是美丽的
簪子草可以插在头上
山竹子可以当笛子吹啊!

好啊,原野上
有这些花草
疲劳的时候,我们可以坐在那儿歇脚

向着明亮那方

青青的,软软的
让我们可以快乐地
躺在上边睡觉的
芝草

春

明るい方へ

天空的颜色

大海,大海,为什么是蓝色的
因为天空映在水面上

天空阴沉的时候
大海也是灰色的

晚霞,晚霞,为什么是红色的
因为那是夕阳染红的

但是,正午的太阳并不蓝
天空为什么是蓝色的?

天空,天空,为什么是蓝色的?

向着明亮那方

明るい方へ——春

贝壳和月亮

浸在染坊里的染缸里
白色的丝线
变成了蓝色的

浸到蓝色的大海里
白色的贝壳
为什么依然是白的?

在夕阳斜下的天空中
白色的云
被染成了红的

在藏蓝色的夜空中
月亮被染了一夜
为什么依然是白的?

天空和海

春天的天空亮闪闪
像丝绸一样亮闪闪
为什么为什么亮闪闪?

是那天上的星星
发出光芒亮闪闪

春天的大海亮闪闪
像贝壳一样亮闪闪
为什么为什么亮闪闪?

是那大海里的珍珠
放出光彩亮闪闪

向着明亮那方

明るい方へ —— 春

女 儿 节

三月的女儿节到了
我没收到什么礼物

邻居家的小玩偶多漂亮啊!
可那不是我的

罢了,我和我的旧玩偶
一起吃菱角糕吧!

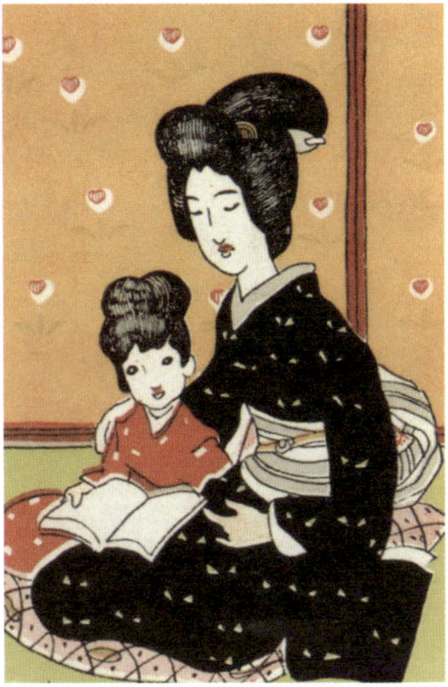

树

花儿谢了
果子熟了

果子落了
叶子掉了

然后,又发芽儿
开花儿

要轮回多少遍
一棵树
才会歇息呢?

魔法手杖

玩具店的老板

正在河边午睡

看样子一时半会醒不过来

我躲在柳树枝后边

手杖轻轻一挥

玩具店里的玩具们

一个个都活了

橡皮的鸽子扑棱扑棱扇翅膀

纸扎的老虎低声吼

……

哈哈，要是那样的话

想一想玩具店的老板

脸上会是什么表情？

极乐寺的樱花

极乐寺的樱花,是重瓣的樱花

重瓣的樱花

我在寺里玩的时候见到过它

从寺里出来

在小巷的十字路口拐弯处

就在拐弯处

斜眼一瞥就看见它

极乐寺的樱花,是土樱花

土樱花

全在泥土上开着花

带着海苔饭团子的盒饭

带着盒饭

我去看过它

茅草花

茅草花,茅草花
雪白的茅草花

茅草花长在河堤上
拔一枝可以吗?
茅草花摇摇头,不说话

茅草花,茅草花
雪白的茅草花

在傍晚的微风中
茅草花飞起来呀
飞到天上
变成一朵朵白云吧!

鱼儿出嫁

鱼儿公主要出嫁
嫁到对面的小岛上
长长的队伍排到岸边
银光闪闪放光芒

岛上的月亮舞起来
提着灯笼迎亲忙
真是壮观的队列啊
蜿蜒在浩瀚的海面上

卖鱼的阿姨

卖鱼的阿姨
请你转过脸吧
我要给你插一朵花
一朵美丽的山樱花

阿姨呀，你看你的头上
既没有头花
也没有发卡
什么也没有，多遗憾呀!

你看，阿姨
你的头发上有了
比贵妇人的头饰
还漂亮的花
山樱花在你的头发上开啦!

卖鱼的阿姨
请你转过脸吧

向着明亮那方

就在刚才，我给你插上了一朵
一朵美丽的山樱花

柳树和燕子

"别来无恙吧"
河边的柳树
问一只小燕子

去年,出双入对的燕子
有一只
在归来的旅途中
死掉了

小燕子不说话
猛地离开树梢
向水面飞去

心

明るい方へ

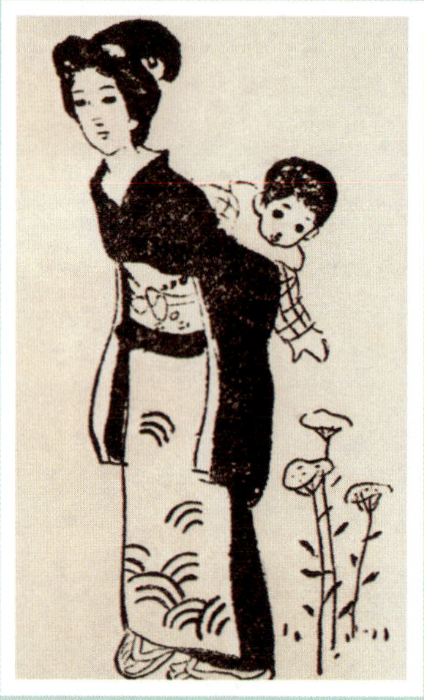

月亮和姐姐

我走路的时候，月亮也跟着走

多好的月亮啊！

每天晚上

都能挂在天上的话

那就是更好的月亮了

我笑的时候，姐姐也跟着笑

多好的姐姐啊！

不论何时，只要闲下来

就来陪我玩儿的话

那就是更好的姐姐了

寂寞的时候

我寂寞的时候
没人知道

我寂寞的时候
朋友在笑

我寂寞的时候
妈妈待我好

我寂寞的时候
神仙也无聊

哥哥挨骂

因为哥哥挨了骂
我就待在家里
把小褂子上的红带子
一会儿系上，一会儿解开

只是后街的空地上
小朋友们仍在玩跳房子
时不时还听见鱼鹰在鸣叫

没有玩具的孩子

没有玩具的孩子
很寂寞
把玩具送给他
他就不寂寞了

没有妈妈的孩子
多悲伤呀
把妈妈送给他
他就不悲伤了

妈妈正在温柔地
抚摸着我的头发
我的玩具
装了满满一箱子

但是，我也有寂寞和悲伤呀
得到什么时候才能治好呢？

糖 果

妈妈给弟弟两块糖果

偷偷地
我藏起来一块
我想我不会吃它
可还是把它吃掉了

看着另一块糖果
拿起来，放下
放下，又拿起来

因为弟弟还没回来
我又把它吃掉了

苦涩的糖果
悲伤的糖果

山和天空

如果山是玻璃做的
我也能看见东京吧
——就像坐着火车去东京的
哥哥那样

如果天空是玻璃做的
我也能看见神仙吧
——就像变成天使的
妹妹那样

盆景

我搭建的盆景谁都不来看看

天空蓝蓝的
妈妈忙着店里的事情

庙会都结束了
妈妈还在继续工作

一边听着蝉鸣
一边把盆景踏平

肉刺儿

吸它,舔它,还是疼
小手指头上,长了一根肉刺儿

想起来了
想起来了
曾听姐姐说过
"不听话的孩子
手指头才长肉刺儿"

想起来了
前天,我任性地哭过
昨天,我干活儿偷懒了

要不去给妈妈道个歉
手指头就不会再疼了吧

我 的 头 发

我的头发为什么闪亮?
那是被妈妈抚摸的

我的鼻梁儿为什么塌塌?
那是因为我总是去擤它

我的围裙为什么总是白色的?
那是因为妈妈给我洗的

我的皮肤为什么是黑色的?
那是因为我总太喜欢吃炒豆

心

妈妈
是一个大人
但是妈妈的心
很小很小的

因为妈妈说过
她的心里只装着一个我

我
是一个小小的孩子
但我的心
却是很大很大的

因为我心里
除了妈妈
还在想很多事情

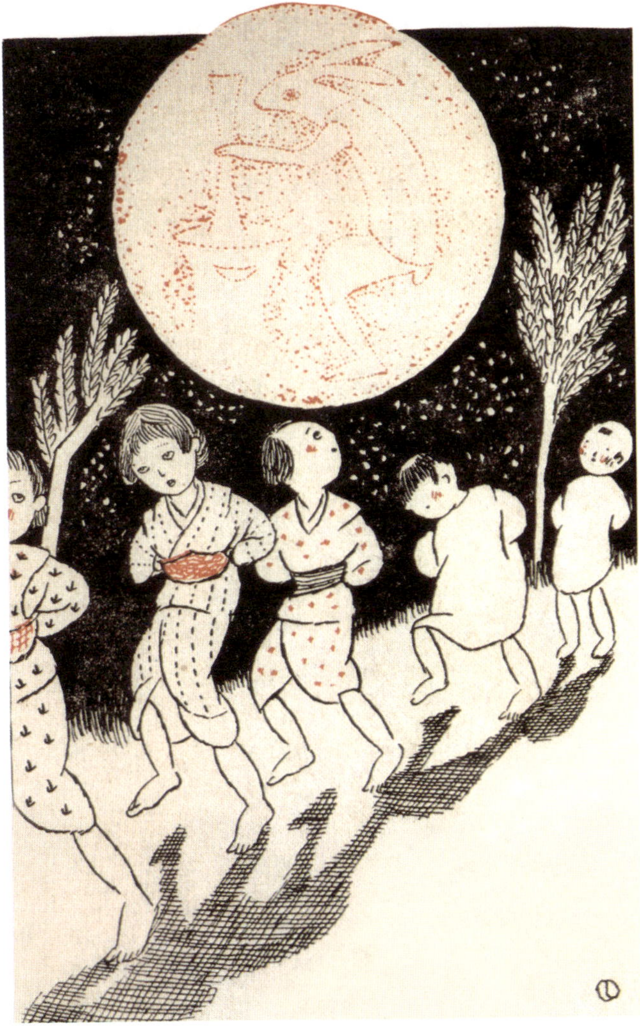

被遗忘的歌谣

长满绿草的山坡
野蔷薇的花儿正开着

一来到这儿就想起那首歌
那首比梦遥远，令人怀念的
摇篮曲

啊，唱起这首歌
能打开这荒山的门吗？
让我看见，往日的
妈妈的模样

草儿又绿了
野蔷薇的花儿又开了
我来到这山坡上

"银色的帆儿
金色的桨"

向着明亮那方

前一句是什么

后一句是什么

是我总想不起的摇篮曲

明るい方へ——心

老奶奶的故事

老奶奶再也不能讲故事了
她讲的故事,我好喜欢

"我已经听过啦"
我说这句话的时候
老奶奶的神色那么寂寥
目光也呆呆的
但她的眼里
仍映着山坡上野菊花的花朵

我好想念那些故事
如果老奶奶还能再讲下去
五遍、十遍,我都会
静静地、耐心地听下去

女孩子

女孩子家
不能把树爬

疯丫头们
才玩骑竹马
要是打陀螺
更是不像话

我能知道这些
是因为
我这样玩过
被大人们训斥啦

受伤的手指头

受伤的手指头
包着白绷带
看上去好疼
忍不住哭起来

借来姐姐的红丝带
系成一个红花结
手指头立即变成
一个可爱的小人偶

再在指甲上
画个小笑脸
不知不觉
就忘了疼

有 一 次

走到能看见家的拐角
想起了一件往事

因为那一件事
我没有听妈妈的话

当时，妈妈说
"黄昏之前别走开"

然而，小伙伴们来叫我
我忘了叮嘱，跑出去玩了

我没听妈妈的话
心里老愧疚啦
不过不去管它
因为我知道

只要我高高兴兴的
妈妈还会喜欢我啊！

麻 雀

有时候我常想

请麻雀来家里做客吧
给它们起个名字,并且训练它
让它们站在我的肩上、手掌上
带着到外边去玩耍

然而,也只是想一想罢了
因为我的游戏太多
总把请麻雀的事给忘了

就是想起来的时候也常常是在
找不到麻雀的夜里

你说
我的这个念头
要是麻雀们知道了
一定会傻傻地等待吧

我,真是一个坏孩子呀,哈哈

邻居家的孩子

手剥蚕豆皮
耳朵竖起来
邻居家小孩
好像挨骂了

想去看一下
又觉得不应该
握着蚕豆粒
想把门槛迈
又握着蚕豆粒
悄悄溜回来

能犯多大错
惹恼家长啦
邻居家小孩
正被大人骂

是回声吗

我说"做游戏吧"
回答"做游戏吧"

我说"小坏蛋"
回答"小坏蛋"

我说"不和你玩啦"
回答"不和你玩啦"

于是不一会儿
我感到了寂寞

我说"对不起"
回答"对不起"

难道这是回声?
不不,不是

什么都喜欢

我要让自己变得"喜欢"

　　无论什么都喜欢

大葱、西红柿、生鱼片

都要一个不落地全部喜欢

　　因为家里的菜

　　全是妈妈做的

我要让自己变得"喜欢"

　　无论谁都喜欢

　　医生、乌鸦

都要一个不落地全部喜欢

　　因为全世界的东西

　　都是上天创造的

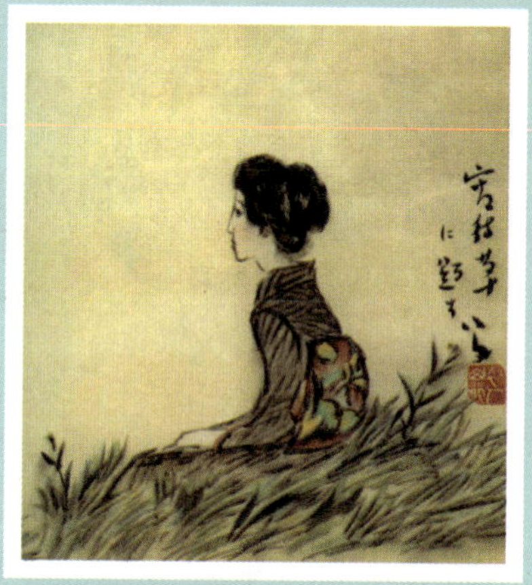

一个接一个

在月光下玩游戏的时候
大人来催促"该睡觉了"
（我好想再玩一会儿呀）
不过，睡到床上也好
能做各种美梦

正做着美梦的时候
被大人叫醒"该去上学了"
（没有学校该多好呀）
不过，去了学校也好
能见到很多好朋友

在操场上玩游戏的时候
上课的铃声响了起来
（不上课多好呀）
但是课堂上也好
老师会讲许多有趣的故事

向着明亮那方

别的孩子会不会
也像我这样想呢?

心

明るい方へ

茧与坟墓

蚕宝宝被裹在蚕茧里

又小又窄的

蚕茧

但是,蚕宝宝一定很高兴

因为可以变成美丽的蝴蝶

飞出去

人被埋进坟墓里

又冷又寂寞的

坟墓

但是,好孩子

会变成带翅膀的天使

飞出去

大海里的鱼儿

大海里的鱼儿真可怜

稻苗儿长在农田里
牛羊在牧场吃草
金色鲤鱼在池塘
总是有人喂养

可是大海里的鱼儿
从来没有谁来照顾
一不留神就被捕到
把命搭上

大海里的鱼儿
真的好可怜

谁告诉我真相

谁能告诉我真相
把我的事情,告诉我
邻家的阿姨夸奖我
但是不知为什么她总是笑

谁能告诉我真相
我去问花儿,花儿摇摇头
或许她应该那样
因为花儿都那么漂亮

谁能告诉我真相
我去问小鸟,小鸟飞走了
一定是不能说的事情
所以,小鸟一言不发走了

谁能告诉我真相
我想去问妈妈,可又觉得不合适
(在妈妈眼里,

向着明亮那方

我到底是可爱的孩子
还是淘气的孩子？）

真是的
谁会告诉我真相呢？
把我的事情告诉我

心

明るい方へ

麻雀妈妈

一个小孩
捉到一只小麻雀

小孩的妈妈笑眯眯地
看着小孩和小麻雀玩

麻雀妈妈飞过来
站在屋檐上

不飞也不叫
静静地看着
小孩和小孩妈妈

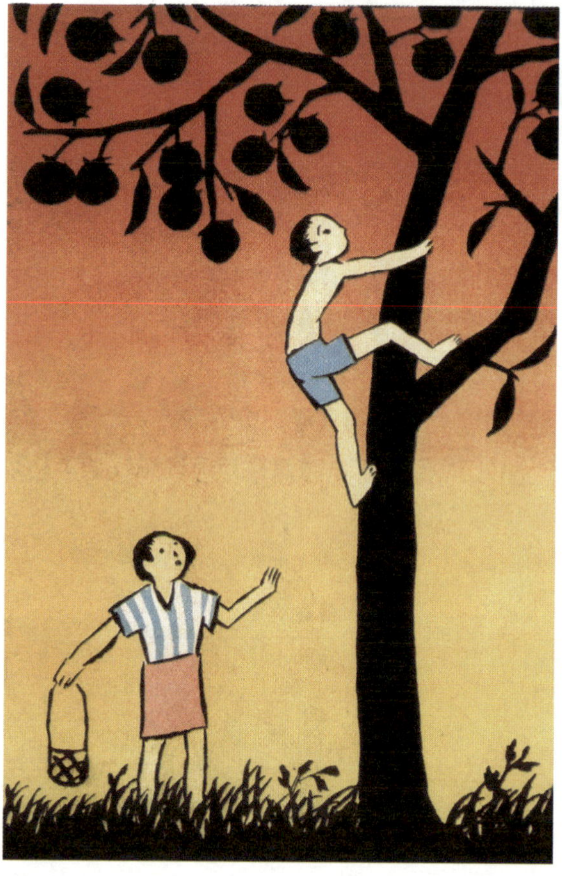

我

无论哪里都有我

除了我之外，还有一个我

在街上，我在店铺的窗户上

回到家，我在挂钟的玻璃框里

走进厨房，我会在水盆里

下雨的日子，我就在院子的水洼里

可是为什么，从天空里

我看不见我自己呢？

大人的玩具

大人扛起铁锹

能去田甲种地

大人划着木船

能去海里打鱼

当将军的大人

又能指挥真正的士兵

然而我的士兵

都是不会走路的木偶玩具

我的小船

是纸做的

我的铁锹

是一把小勺

想起来真无聊呀

我渴望大人们的玩具

船上的家

我的家在船上

船上有爸爸、妈妈

哥哥和我

我们一家人真快乐呀！

货物卸下来

天黑了

船的桅杆上

挂着明亮的灯笼

围着暖暖的火炉

在爸爸的怀里听故事

我睡着了

东方泛白

船儿迎着晨风升起帆篷

出了港就是辽阔的海

晨雾散去，能看到海鸟

还有

向着明亮那方

波光里的鱼儿飞跃

午后,起风了
海浪泛起来
在霞光的映照下
大海比花儿还美丽

海水煮的饭香喷喷
船上的阳光暖洋洋
风吹船帆鼓胀
航行在广阔的大海上
船上的家真快乐呀!

心

明るい方へ

闹别扭的时候

因为和别人闹别扭
我故意躲在这里

为什么谁都不来找我
真的不来找我吗

远处的露天电影开演了
隐隐听见音乐声

我忍不住想哭啦

如果我变成花

如果变成花
那我一定是个乖孩子

可不会走路，不会说话
不能做游戏，那该怎么办呀？

假如有谁走过来
说我是一朵讨厌的花
我一生气，就会凋谢了吧

如果
变成一朵花
我也不会是一个乖孩子
就像一朵真正的花那样

弁天岛

"这座小岛太可爱了
放在这里可惜啦
我要用渔网把它拖走"

有一天
从北方来的海员
笑着这么说

不可能,绝不可能
虽然这么想
但那晚上还是睡得不踏实

清晨,我提心吊胆
跑去海边

弁天岛依然睡在海里
披着金色的阳光
还是原来绿色的弁天岛

梦

明るい方へ

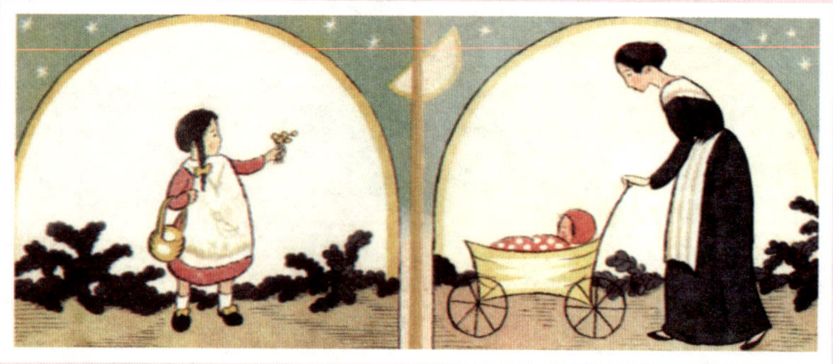

卖梦郎

新年的第一天
卖梦郎要去
卖正月里的
好梦

装载宝物的船
像小山一样高
上面堆满了
正月里的好梦

卖梦郎当然忘不了去遥远的乡下
悄悄地
把正月里的好梦
送给
那些寂寞的孩子

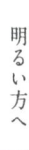

半夜里的风

半夜里的风是调皮的风
吹来吹去很冷清

摇一摇酣睡的大树
树叶就在风里摆动
像是做了一个乘小船的梦

挠一挠打盹儿的草坪
小草就在风里摆动
像是做了一个荡秋千的梦

过了一阵，风好像玩累了
打着唿哨，飞向天空

金米糖的梦

春天的乡村

果子店的玻璃瓶里

金米糖

做了一个梦

它梦想着

乘着玻璃的小船

渡过大海

飞上蓝天

在璀璨的夜晚

变成

一颗星星

睡梦火车

睡着的孩子乘上火车
火车从睡梦车站开出

火车要去的地方是梦之国
道路是五彩的
轨道是红色的

火车在奔驰
云彩红灿灿,月亮明晃晃
玻璃塔的顶上
一颗白亮的星星闪闪发光

大家都望着窗外
火车到了梦醒的车站

梦之国的礼物
是谁都带不回来的
通往梦之国的路
只有睡梦火车知道

如果我是男孩子

如果我是男孩子
我想成为一个海盗
把全世界的大海当成家

我把船涂成大海的颜色
挂着天空一样颜色的帆
无论走到哪儿,谁都不会发现

辽阔的大海任我航行
遇到强国的船队
我就威风凛凛地说:
"快,让潮水涌上他们的船"

遇到弱国的船队
我就态度随和地说:
"诸位,把你们国家的故事
一个一个都留下"

向着明亮那方

但是,这样的恶作剧
也只是在闲着的时候出现
最重要的工作
是找到那些抢走所有故事财宝的坏蛋的船

如果遇到他们
我会勇敢地作战
把他们抢劫来的宝物全部夺回
隐身衣、魔法洋灯
还有能唱歌的树、会飞的毯子……

我的船满载而归
我的船真不平凡
大海一样颜色的船体
天空一样颜色的船帆
在蓝天和碧海之间
我的船又要远航了

如果我是男孩子
我真想那样去冒险

梦

明るい方へ

留声机

大人们一定认为

睡着了的小孩一定睡着

所以我驾着我的小船

驶向一个岛上的城堡

正要登陆的时候

大人们突然打开了留声机

开始了里面的嚎啕

我不喜欢听的歌儿

粗暴地闯进我的梦里

又粗暴地抢走了

我的小岛和城堡

向着明亮那方

明るい方へ

渔夫的孩子

我要出海啦

等我长大的时候

在一个风平浪静的日子

海边的小石子们会来送别我

我虽然孤独,但我很勇敢

我登上了一座小岛

那是在被暴风吹了

七天七夜之后的

黎明

正如我一直设想的那样

前方,出现一座岛

我要写信

在一个人搭起的小木屋里

一边吃着采来的小红果

一边快乐地写着:

"远在日本的朋友,大家好"

向着明亮那方

（是的，我会让鸽子把信捎过去）

然后，我会等待
那些总是欺负我的
城里的孩子
来找我玩
看我的红色小船

是的，我会耐心等待
就像现在这样躺着
望着蓝天和大海

明るい方へ——梦

玫瑰小镇

绿色的小路
挂满露珠
小路的尽头,有一片玫瑰花屋

飘着阵阵花香
随风摇摆的玫瑰花屋

玫瑰花屋里的小仙子,从窗子里出来
伸展小小的金色翅膀
正和邻居说着话

轻轻敲一敲门
窗子和小仙子都消失了
只留下随风摇摆的花屋

在玫瑰花般的清晨
我来到玫瑰小镇
看到一片玫瑰花屋

那一天
我是一只探险的小蚂蚁

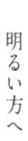

向着明亮那方

明るい方へ ——
梦

寂寞的公主

被勇敢王子搭救的
公主
又回到了城堡

城堡还是从前的城堡
玫瑰花依然在开放

为什么公主那样寂寞呢
一整天都在眺望天空

（魔法虽然可怕
但还是渴望变回一只小鸟
张开银光闪闪的翅膀
飞到遥远的天尽头）

街上花儿纷飞
欢乐的宴会还在进行
依然寂寞的公主

仍然一个人待在黄昏的花园里

火红的玫瑰花她看都不看

只对着天空发呆

向着明亮那方

明るい方へ ―― 梦

玻璃和文字

玻璃
空荡荡的
看起来是透明的

但是
很多玻璃堆起来
就会变成海一般的蓝色

文字
蚂蚁一样
黑黑的,小小的

但是
很多文字加起来
却能写出很多有趣的故事

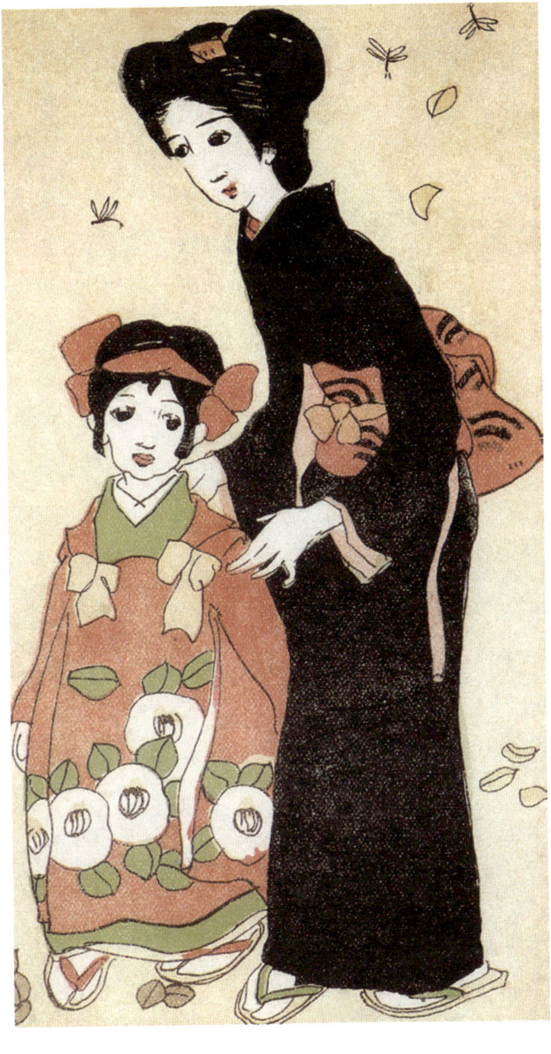

一万倍

比全世界所有的
国王的宫殿都加起来
还要美丽一万倍的
——那是星星装饰的夜空

比全世界所有的
王妃们的衣服都加起来
还要美丽一万倍的
——那是映在水里的彩虹

比星星装饰的夜空
映在水里的彩虹
都加起来还要美丽一万倍的
——那是天空的尽头，神的国度

太阳的使者

太阳的使者
排好队，从天空出发
途中遇见了南风
南风问：
"你们是要出差吗"

一个使者诚实地说：
"我要把太阳的光芒洒向人间
让大家在光明里工作"

一个使者快乐地说：
"我要让花儿们都开放
把世界变得更美丽"

一个使者仁慈地说：
"为了证明神的存在
我要去建一座彩色的拱桥"

向着明亮那方

最后一个使者很寂寞：
"我的任务是要去当影子
天不早啦，大家赶路吧"

208

梦

明るい方へ

飘落的花

飘落的花都是花魂
每一朵都会重生

花儿是善良的
太阳呼唤它的时候
它微笑着就开了
送给蜂儿甜甜的蜜
送给人们香香的气息

花儿是温顺的
风呼唤它的时候
它毫不犹豫随着去
还把花瓣都送给
孩子们做游戏

向着明亮那方

明るい方へ —— 梦

玩具树

不知何时埋下的种子
长出一棵小小的桃树

虽然只是一个玩具
我还是把它埋进院子里

我在耐心等待
等待萌芽儿长出来

小小的萌芽，开始长大
只要长大，三年以后就会开花
到了秋天，可爱的玩具长满树梢
我会把长出来的玩具
摘下来
分给全城每一个孩子

沙子的王国

现在的我
是沙子国的国君

高山，峡谷，河流与平原
在我的支配下任意地改变

童话故事里的大王们
你们能像我这样
让你的山河屈服吗？

现在的我
是一个了不起的
沙子国的国王

美丽的小城

偶尔会想起来
那座美丽的小城
想起河岸边一排红色的屋顶

碧绿的河水
白色的帆影
静静地,静静地移动

岸边的草地上
坐着一个写生的叔叔
他默默地看着河水
目不转睛

那个时候,我在干什么?
想不起来了
只记得这是借来的
一本画册里的风景

谁做的

小鸟们

用稻草

做了一个窝

可是

那些稻草

那些稻草

是谁做的

石匠们

用石头

做了一块墓碑

可是

那些石头

那些石头

是谁做的

我

用沙子

向着明亮那方

明るい方へ——梦

向着明亮那方

做了一个盆景的庭院
可是
那些沙子
那些沙子
是谁做的

梦

明るい方へ

纸　窗

房间的纸拉门上画着一座楼

高楼伸向天空
有十二层
房间另有四十八

苍蝇只住了一间房
其他房间全空的

四十七间空房子
谁会来住呢?

一扇窗子开着
谁会来偷看呢
——那窗子是我故意
用手指戳出的一个洞洞

一个人待在家里的时候
我常常眯上一只眼睛
从窗子里看外边的天空

小 木 槌

要是有一把
能变戏法的小木槌
我想变什么呢？

变出羊羹、蛋糕、甜豆沙
变出和姐姐一模一样的手表
当然还不只这些
我还要变一只聪明的鹦鹉
每天和我说话
我还要变一个戴红帽的小木偶
每天给我跳舞

还有
我要把童话里的一寸法师
就是那个可怜的小矮人儿
变成高高的大男孩
他该多高兴啊

椅子上

我坐在礁石上
周围全是大海
潮水涨起来
数不清的帆
向着海的那边
越来越远

太阳西斜
天空高远
潮水涨起来……
（别玩了，开饭了）
哦，是妈妈在喊
我从椅子的礁石上
勇敢地跳下来
落在屋子里的大海

失去的东西

夏天的岸边
丢失的那艘玩具小船
回玩具岛去了
在月光中
靠上了五彩石的岸

曾约好要见面的小妹妹
再也没有来
她回到天空的国度去了
在莲花的丛中
被天使守候着

还有，昨晚扑克牌里
长着胡子的大王
回到扑克牌的国度去了
在飘落的雪花中
在士兵的保护下

所有、所有失去的东西

都回到了原来的地方

向着明亮那方

明るい方へ——梦

洗 澡

我讨厌洗澡

每当妈妈给我洗澡的时候

总是抓住我

像刷锅一样给我搓

但是,如果是一个人待在澡盆里

我变得愿意洗澡了

在大大的澡盆里

我喜欢的东西真不少

木板的船上,摆出

肥皂盒、香粉小瓶

(就像宴席上的各种美味

摆在黄金的桌上一样

我变成印度的国王

泡在美丽的池子里

身边开满白莲、红荷

面对一桌可口的佳肴,又十分凉爽)

向着明亮那方

妈妈早就不让
把玩具拿进澡盆
但是我会采一些花瓣
放在水面当小船
有时我还会在水里玩魔术
让手指头一下变长

其实我有一个秘密
那就是我很喜欢洗澡

明るい方へ――梦

日月贝

西边的天空
火红的颜色
圆圆的，红脸的太阳
落进海里

东方的天空
珍珠的颜色
圆圆的，黄脸的月亮
隐在云里

黄昏时消失的太阳
和黎明时消失的月亮
在大海的深处
相遇了

有一天
一个渔夫在海边
捡到一个红黄相间的
日月贝

图书在版编目 (CIP) 数据

向着明亮那方：纪念版 / (日) 金子美铃著；(日) 竹久梦二绘；安紫涵译. —4版. —北京：新星出版社，2019.5 (2022.7重印)

ISBN 978-7-5133-3546-1

Ⅰ.①向… Ⅱ.①金…②竹…③安… Ⅲ.①儿童故事—诗集—日本—现代 Ⅳ.①I313.82

中国版本图书馆CIP数据核字(2019)第063260号

向着明亮那方（纪念版）

[日] 金子美铃 著，[日] 竹久梦二 绘，安紫涵 译

出版统筹：姜 淮
责任编辑：白华昭
责任校对：刘 义
责任印制：李珊珊
装帧设计：冷暖儿

出版发行：新星出版社
出版人：马汝军
社　址：北京市西城区车公庄大街丙3号楼 100044
网　址：www.newstarpress.com
电　话：010-88310888
传　真：010-65270449
法律顾问：北京市岳成律师事务所
读者服务：010-88310811 service@newstarpress.com
邮购地址：北京市西城区车公庄大街丙3号楼 100044
印　刷：北京美图印务有限公司
开　本：889mm×1194mm 1/32
印　张：7.375
字　数：180千字
版　次：2019年5月第四版 2022年7月第十二次印刷
书　号：ISBN 978-7-5133-3546-1
定　价：38.00元

版权专有，侵权必究。如有质量问题，请与印刷厂联系调换。